Olivia

y los zapatos esmeralda

MONSURÓS
LAURA VAQUÉ

Beascoa

Para mis tres tesoritos "tarragonins" Judith, Vinyet y ..... (M.C.)
A ti, Nena, infinitamente. (L.V.)

Primera edición: junio 2015

© 2015 Penguin Random House Grupo Editorial, S.A.U.
Travessera de Gràcia, 47-49. 08021 Barcelona

© 2015, Laura Vaqué, por el texto
© 2015, Montse Casas, por las ilustraciones

ISBN: 978-84-488-4412-7
Depósito legal: B-12012-2015
Impreso en Impuls45
BE 44127

El papel utilizado para la impresión de este libro ha sido fabricado a partir de madera procedente de bosques y plantaciones gestionadas con los más altos estándares ambientales, garantizando una explotación de los recursos sostenible con el medio ambiente y beneficiosa para las personas.
Por este motivo, Greenpeace acredita que este libro cumple los requisitos ambientales y sociales necesarios para ser considerado un libro «amigo de los bosques». El proyecto «Libros amigos de los bosques» promueve la conservación y el uso sostenible de los bosques, en especial de los Bosques Primarios, los últimos bosques vírgenes del planeta.

¡Dinnng! Tras aquel sonido de campanilla, Olivia vio como se encendían numerosas lucecitas sobre las cabezas de todos los pasajeros. A continuación, la voz de la azafata anunció:

—Señores pasajeros, les informamos que en unos minutos aterrizaremos en el aeropuerto de Nueva York...

Olivia no escuchó nada más, miró por la ventanilla... ¡Nueva York! Había visto tantas veces en el cine aquella ciudad, y ahora estaba a punto de llegar. ¡Aquello era a-lu-ci-nan-te!

Bajó del avión, recogió su equipaje y subió a un taxi en menos de lo que se tarda en decir «Manhattan».

—A la calle Broadway con Spring, *please*. —Era la dirección de su amiga Charlotte.

Con la nariz pegada a la ventanilla del taxi, Olivia miraba al exterior con una curiosidad y una excitación enormes. ¡Estaba tan ilusionada!, y es que tenía muchos motivos para estarlo; hizo una lista mental:

1. Es la primera vez que estoy en Nueva York en toda mi vida de hada...

2. ... y estoy en Nueva York porque tengo una invitación para asistir a la Semana de la Moda de Nueva York...

3. ... y voy a volver a ver a mi amiga Charlotte ¡después de cinco años!

¡Efectivamente eran muchas emociones! Justo en ese momento, una noticia de la radio del taxi captó su atención:

«Mañana se inaugura la Semana de la Moda de Nueva York, que este año rinde homenaje a la gran diseñadora Valentina. Como es sabido por todos, trabaja desde hace tiempo en un diseño muy especial, ¿lo presentará mañana? Todos lo esperan.»

La gran diseñadora Valentina... Olivia cruzó sus deditos de hada, cerró los ojos y susurró un deseo al viento: «sería tan feliz si pudiera conocer a una de mis diseñadoras preferidas...».

En ese momento, el taxista dio un frenazo algo brusco y anunció a su pasajera:

—Señorita, ya hemos llegado. ¿Señorita, me oye? ¡Señorita!

Olivia estaba tan ensimismada que no se había dado cuenta de que ya estaba enfrente de la casa de Charlotte.

Charlotte había estudiado un año en París con Olivia, en la escuela de diseño. Fue un año divertidísimo y se hicieron muy amigas. Cuando Charlotte regresó a su ciudad al finalizar el curso, supieron que se echarían mucho de menos. Y aunque no perdieron nunca el contacto, hacía cinco años que no se veían.

Pero ya tendrían tiempo de recordar aquellos días juntas... Olivia bajó de la nube de los recuerdos para volver a la realidad; y mientras miraba como el taxi se alejaba, descubrió ¡que había olvidado su bolsito en el asiento!

—¡Taxiiiiiiii, espeeereeee, por favor!

Pero el taxi ya se alejaba veloz entre el
tráfico, convirtiéndose en un puntito amarillo
cada vez más lejano...

Olivia salió volando tras él, pero resultó
una carrera inútil; después de cruzar
el puente de Brooklyn, el taxi se había
esfumado...

Olivia se encontró en medio de la calle. En la otra orilla del río se veían los rascacielos de Manhattan. De modo que estaba en Brooklyn. Aquellos edificios de ladrillo rojo, el paseo, el puente…, todo lo había visto en el cine, era como estar en un lugar conocido.

Comenzó a caminar por las calles, algo distraída, pensando en cómo podría recuperar su bolso y, al mismo tiempo, observándolo todo con curiosidad. Quizá lo mejor sería regresar a casa de Charlotte, ella podría ayudarla. Seguramente existía un teléfono al que llamar para recuperar objetos perdidos, como en París. Sí, seguramente sería lo mejor.

Pero, entonces, oyó música en la calle, y siguió caminando atraída por tanta novedad. Había tiendas que nunca había visto, restaurantes de todos los países imaginables, y en las *boutiques*, la ropa era muy distinta a la de París. Todo le llamaba la atención.

Ya estaba pensando que debería regresar, cuando vio en el escaparate de una tienda los zapatos de cristal esmeralda más bonitos que jamás hubiera podido imaginar.

Olivia no podía despegar la cara del cristal…, ¡eran los zapatos más bonitos del mundo! Quizá podría probárselos, solo serían cinco minutos.

Olivia entró en la tienda, saludó y pidió probarse los zapatos. Se descalzó despacio e introdujo su pie izquierdo en el zapato de cristal esmeralda. Le iba perfecto. Sonrió pensando que era como una Cenicienta, pero en lugar de un baile y un príncipe le esperaba algo mucho más emocionante, Nueva York, un desfile y su amiga Charlotte.

Después se probó el derecho. Sin duda eran los zapatos más bonitos del mundo. Dio un giro sobre sí misma —se sentía tan contenta— y entonces…

¡Pluf! Sucedió algo increíble. Fue magia, de eso no cabe duda.

Olivia ya no se encontraba en la tienda de los zapatos, aquel lugar se había convertido en un maravilloso estudio de diseño, y el hada de la tienda no era otra que…

—¡Valentina! —exclamó Olivia llevándose las manos a la cara.

*–Hola, Olivia, qué alegría que estés aquí. Es genial que hayas encontrado los zapatos esmeralda.

–¿Yo, yo, yo...? –Olivia no sabía qué decir.

–Ja, ja, ja, claro que tú. Espero que no te importe que haya utilizado un poco de magia, he pensado que ya que tenía que pedirte algo sería más divertido que nos conociéramos así.

—A-a-a-a mííí? —A Olivia no le salían las palabras.

—Sí, a ti, déjame que te explique. Como seguramente ya sabes, hace tiempo que trabajo en un diseño que es muy especial para mí y que presentaré mañana en la Semana de la Moda.

—Todo el mundo lo está esperando... —dijo Olivia, que por fin había reaccionado.

—Mi deseo es que en este diseño participe alguien joven y con talento, como tú. Me gustaría que trabajáramos juntas en los últimos detalles del vestido para que sea, finalmente, el diseño especial que he imaginado. De modo que, por este motivo, y gracias a la ayuda de la magia, estás ahora aquí.

Olivia lo entendió todo, el descuido del bolso en el taxi, los zapatos esmeralda… Y sonrió.

—Me encantaría trabajar contigo en ese diseño, sería un sueño para mí —confesó Olivia con una gran sonrisa.

—En ese caso, manos a la obra, no podemos perder ni un minuto de tiempo.

CU-CÚ CU-CÚ

CU-CU CU

Y no lo perdieron, durante las horas que siguieron a aquel inesperado encuentro entre la diseñadora y Olivia, ambas dieron el último y mágico acabado a la creación de Valentina. Para Olivia era increíble estar trabajando junto a ella, y el resultado fue un vestido realmente de ensueño.

Estaban a punto de dar el vestido por terminado, cuando se oyó un…

¡Dinnng!

Olivia miró el reloj de cuco de la pared. Era la primera campanada de medianoche.

—¡Por todos los botones! ¡Son las doce de la noche, tengo que irme! Charlotte estará esperándome. ¡Me he olvidado de todo!

¡Dinnng!

—Señorita, señorita, perdone que la despierte, debe abrocharse el cinturón, estamos a punto de aterrizar en el aeropuerto de Nueva York...

Durante unos segundos Olivia se quedó en silencio sin entender nada, pero no tardó en comprender lo que estaba sucediendo: se había quedado dormida en el avión y acababa de tener un sueño increíble.

Esta vez la voz de la azafata anunciaba la llegada a Nueva York DE VERDAD.

Al salir del aeropuerto, Olivia tomó
un taxi y le dio la dirección de Charlotte
al taxista. Pensó que aún debía de estar
medio dormida, porque la cara del
conductor le resultó familiar; de hecho, se
parecía muchísimo al taxista de su sueño.

Minutos después, el corazón le dio un vuelco cuando escuchó en la radio del taxi la noticia sobre la inauguración de la Semana de la Moda, y el diseño de Valentina que tanta expectación había creado.

Eso sí, cuando el taxi frenó (algo bruscamente) frente a la casa de Charlotte, Olivia se aseguró de tener su bolso con ella. La vida real y los sueños a menudo se parecen, pero ella no iba a olvidarse el bolso en el taxi como en el sueño.

–¡Olivia, por fin estás aquí! –Charlotte estaba asomada a la ventana de su casa, esperando impaciente a Olivia, y la recibió llena de alegría.

Charlotte y Olivia decidieron que al día siguiente pasearían por la ciudad y podrían contarse muchísimas cosas. Por la noche irían a la fiesta de inauguración de la Semana de la Moda.

Y eso hicieron. Olivia tenía muchas ganas de conocer Central Park. Pudieron ver el lago y la estatua de Alicia en el País de las Maravillas que hay en el parque. ¡Y también a un montón de neoyorquinos haciendo *footing*!

Luego visitaron Chinatown, el barrio asiático. Y tomaron un helado italiano en el barrio de Little Italy.

Subieron al edificio Chrysler y desde allí vieron todo el mar de rascacielos que era Manhattan. Pasearon por las calles durante horas y, antes de regresar a casa, contemplaron la Estatua de la Libertad.

Olivia ya se había enamorado para siempre de Nueva York.

De nuevo en casa de Charlotte, y a punto de prepararse para la fiesta, Olivia se disponía a darle una sorpresa a su amiga, pues había diseñado un vestido para ella.

Lo que Olivia no sabía era que Charlotte tenía guardada para ella exactamente la misma sorpresa.

Ambas estallaron en risas y revolotearon sin parar al descubrir que las dos habían tenido la misma idea.

Los dos vestidos eran preciosos, el de Olivia era de color verde esmeralda. Al verlo pensó sonriente en los zapatos de su sueño, de no ser unos zapatos de sueño hubiesen sido perfectos para su vestido.

De repente Charlotte apareció con una nueva sorpresa:

—Ayer vi estos zapatos en un escaparate y pensé que serían perfectos para tu vestido.

—¡No puedo creerlo! —Olivia estaba atónita, eran exactamente los zapatos de su sueño; empezaba a pensar que quizá aún estaba soñando en el avión.

—¿Qué es lo que no puedes creer? —le preguntó Charlotte, confusa.

—¡Ya te lo contaré mañana! ¡Vamos a llegar tarde al desfile! Solo puedo decirte que son los zapatos más bonitos del mundo.

Y llegó el gran momento, Charlotte y Olivia estaban en primera fila, junto a la pasarela. Tras las colecciones de algunos diseñadores, se presentaría la última colección de Valentina, y quizá ese diseño tan especial en el que llevaba años trabajando.

Olivia recordó su sueño momentos antes
de que el presentador anunciara:

—Esta noche contamos con la presencia de la diseñadora Valentina, que, como todos saben, hace tiempo que trabaja en un diseño que ha despertado mucha curiosidad. La gran noticia es que esta noche, por fin, podremos conocer su creación.

Olivia sintió que el corazón le daba un vuelco, miró sus zapatos y pensó si Cenicienta pudo llegar a sentirse tan feliz como ella en aquel momento. Allí estaba Valentina, casi tan cerca como en su sueño. La diseñadora caminaba lentamente saludando al público. Parecía muy contenta, aunque algo abrumada por tantos aplausos.

Cuando se encontró a la altura de Olivia
y Charlotte, Valentina se detuvo, miró
primero a Olivia y luego miró sus zapatos
esmeralda y, mostrándole una gran
sonrisa, le guiñó un ojo.

Olivia ya no estaba segura de que aquello estuviera sucediendo realmente...

Entonces Valentina se dirigió al público para presentar el diseño tan esperado. Sobre la pasarela apareció una modelo con un vestido precioso.

—¡Por todos los botones! —exclamó Olivia. Era exactamente el vestido de su sueño, aquello no podía ser verdad... Pero ahí no terminó todo. Valentina se dirigió de nuevo al público:

—Quiero presentarles a la joven diseñadora que ha colaborado conmigo en esta creación.

Valentina se acercó a Olivia, le tendió la mano y la ayudó a subir junto a ella a la pasarela.

Charlotte no era capaz de pronunciar una palabra y no dejaba de frotarse los ojos.

Los aplausos no cesaban, Olivia
se había ruborizado, pero sus
alas resplandecían como nunca.
Con disimulo, le susurró al oído a
Valentina:

—¿Podrías darme un pellizco?
Necesito asegurarme de que esto
no es un sueño.

—¡Ausssch! —gimió Olivia. Aquel
pellizco parecía de verdad.

—Claro que no es un sueño, ¿acaso
no crees en los cuentos de hadas,
pequeña hada?